L'ART

DE S'ENNUYER

EN COMPAGNIE.

SE TROUVE A PARIS,

A LA LIBRAIRIE MODERNE,

Rue de Valois, N°. 1, vis-à-vis la Cour des Fontaines.

L'ART

DE

S'ENNUYER EN COMPAGNIE,

OU

LES FÊTES

DES ENVIRONS DE CHARTRES,

Poëme

A RAMBOUILLET,

De l'Imprimerie de LEROUX, Imprimeur de M. le Gouverneur,
de la Sous-Préfecture, du Tribunal et de la Mairie, rue Royale.

1824.

L'ART

DE

S'ENNUYER EN COMPAGNIE,

OU

LES FÊTES

DES ENVIRONS DE CHARTRES,

Poëme.

QUE vais-je devenir?... C'est dimanche aujourd'hui...
Resterai-je chez moi?... Chez moi, j'y meurs d'ennui...
Irai-je en un café, pendant une journée,
Aspirer d'un buveur l'haleine empoisonnée?
Entendre le joueur, d'un ton perçant, aigu,
Disputer pour un point qu'il n'a, dit-on, pas eu?

Non : tournons nos regards vers un autre hémisphère...
Irai-je en un lieu propre, entendre, des savans,
L'organe cadencé, résonner par élans ?...
Ce lieu-là, malgré tout, vaut bien qu'on le préfère ;
Cependant aujourd'hui je n'irai point encor :
Je veux à mes jarrets donner un grand essor ;
Je vais courir les champs, et savoir si la plaine
Promet au laboureur une moisson prochaine...
Quand j'aurai vu les champs, serai-je satisfait ?
C'est douteux, mon bonheur ne sera pas parfait.
Il faut un autre but à ce petit voyage.
N'est-ce point aujourd'hui fête en quelque village ?
Consultons l'almanach... Deux mai, fête à Gorget,
Je connais cet endroit, il est fort agréable ;
Des environs de Chartre, il est le préférable ;
Et je puis m'en tenir à ce dernier projet.

Il est midi, je pars, et me voilà parti ;
J'arriverai bientôt, c'est assez près d'ici.
Je traverse d'abord une vaste prairie,
Dont la robe nouvelle, éclatante et fleurie,
Pour fêter le printemps, lui présente des fleurs
Qui ravissent les sens par leurs douces odeurs.

Je voudrais que bien loin ce tableau se poursuive;
Je le quitte à regret pour prendre une autre rive.
J'admire aussi ces toits dont la simplicité
Annonce la candeur plus que la pauvreté.
Ah! qu'il m'est doux d'errer au sommet des montagnes,
D'y voir se déployer de si vastes campagnes,
Et de suivre, à travers les mobiles rameaux,
Ce dédale brillant formé par les ruisseaux!
Que l'horison est pur! qu'ils sont frais ces ombrages!
Que j'aime à découvrir ces lointains paysages,
Dont l'aspect fugitif, qu'une vapeur détruit,
Par intervalle échappe à l'œil qui le poursuit!
Vallons délicieux! ô terrestre Élysée,
Où se joue au matin la tremblante rosée;
De vos détours secrets, asiles du bonheur,
Le calme attendrissant a passé dans mon cœur.
Les vents, sous ces bosquets, ont réchauffé leurs ailes;
Cette source, en fuyant, roule des étincelles :
Avec l'azur des cieux vacillant dans ses eaux,
On voit s'y découper le verd des arbrisseaux.
Des chants harmonieux remplissent les bocages :
Quel mélange d'odeurs parfume ces rivages!
Ah! quel plaisir parfait je goûte cette fois!
Un chemin tout étroit, flanqué de deux grands bois,

Semblerait m'annoncer un lieu presque sauvage :
Je ralentis mon pas pour jouir davantage.
Agréables sentiers, bosquets délicieux,
En vous considérant, je reconnais les dieux.
La fraîcheur d'un ruisseau qui baigne la bordure,
La délicate odeur d'une jeune verdure,
Tout ici plaît aux sens, tout vient les transporter :
Je suis, à chaque instant, contraint de m'arrêter;
Et le charme attrayant de ce lieu solitaire
Fait douter un instant qu'on habite la terre.
Mais à deux pas, hélas! j'achève mon trajet;
Je quitte la montagne, et je suis dans Gorget.
Lieux charmans qu'on regrette, et qu'on veut voir sans cesse
Vous portez dans mon âme une vive allégresse.
Salut, site divin ! salut charmant côteau !
Salut, gais habitans de ce joli hameau,
Vous allez voir bientôt une masse nombreuse
De jeunes étourdis, troupe tumultueuse;
Vous allez voir aussi, marchant avec candeur,
Un admirable essaim de ce sexe enchanteur.
Vous devez voir encor, conduite par sa mère
(Au regard imposant, à l'appareil sévère),
De sa fraîcheur parée, au printemps de ses jours,
Celle que mon cœur aime et qu'il aima toujours;

Elle vient en ces lieux, où brille la jeunesse,
Pour trouver un remède à sa morne tristesse;
Pour dissiper l'ennui qui règne dans son cœur,
Pour apprendre de vous à goûter le bonheur.
Quel bruit frappe donc l'air ? Je crois que l'on dispute :
Je ne me trompe pas, on menace, on insulte.
Approchons et voyons :.... Ne soyez point surpris
Que les ménétriers aux cheveux se soient pris;
Qu'ils veuillent, vingt qu'ils sont, avoir la même place :
Chez eux communément on voit cette disgrâce.
Ils sont enfin placés : Dieu ! la bonne œuvre faite.
Ils débutent fort bien, je leur fais compliment :
Dois-je prendre cela pour un commencement
Du plaisir que chacun doit avoir à la fête ?
De la ville prochaine arrivent à pas lens,
De grâce et de beauté cent groupes rayonnans.
Examinons bien l'air que prend chaque personne,
Et l'espoir de plaisir que chacune se donne.
Comment ?.... Mais c'est très-bien, Lise arrive en riant;
Et dit ha! c'est joli, c'est beau, c'est ravissant!
Arrivez, Aglaé, paraissez, Victorine ;
Venez, belle Sophie, arrivez, Cléontine.
Avec tous les talens réunis pour charmer,
Devez-vous un instant nous laisser ennuyer.

Je vois que parmi vous Aline se promène ;
Je vous ai déjà dit le sujet qui l'amène.
Il ne manque plus rien au plus joli complet.
Sa présence a rendu l'assemblage parfait.

La fête prend, ma foi, déjà bonne tournure ;
Si j'en crois l'apparence, elle est de bon augure.
La jeunesse du lieu, brûlant de commencer,
A l'appel de Maurer se prépare à danser.
L'un quitte le quadrille, et s'exerce à la cible ;
L'autre cherche l'objet qui le rend plus sensible,
Et le seul, suivant lui, digne de voir le jour.
Sa maîtresse survient, qui le cherche à son tour ;
Ils s'occupent d'eux seuls ; ils ne voient personne.
C'est ainsi que chacun au plaisir s'abandonne.
Au milieu de ses jeux, celui-ci, plus actif,
Se rapproche du champ qu'il rendit productif,
Regarde, en souriant, le sol qu'il fertilise,
Et le soc bienfaisant qu'il conduit à sa guise.
Je les vois tous joyeux, tous s'amusent fort bien ;
Ils ont la paix du cœur, il ne leur manque rien.
Puisqu'ils sont tous contens, j'ai l'âme satisfaite.
Ému de leur accord, je me plais avec eux.

Aimables villageois, que vous êtes heureux

De pouvoir nous apperndrè à jouir d'une fête.

Dieu ! te voilà bien seul, me dit un mien confrère.

— Tu l'es, je crois, aussi. — Oui, j'ai quitté mon père.

Restes-tu bien long-temps ? que veux-tu faire ici ?

Cherchons un autre endroit plus exempt de souci.

— Je m'amuse beaucoup. — Dieu ! quelle patience !

— Peux-tu parler ainsi, quand la fête commence ?

Examine pourtant ; vois-tu rien d'ennuyeux ?

Est-il rien de plus beau, de plus majestueux ?

Arbres chargés de fruits que l'habitant façonne,

Et qu'après vient soigner la bénigne Pomone.

Dans ces riants jardins, que d'arbustes nouveaux

Penchent, pour s'enlacer, leurs ondoyans rameaux !

L'aubépine champêtre au lylas s'y marie ;

Et l'humble réséda partout s'y multiplie.

Que de fruits ! que de fleurs ! mais c'est délicieux !

Ces bosquets ombragés sont l'ouvrage des dieux !

A tout autre je crois cet endroit préférable.

La nature a tout fait pour le rendre agréable.

Vois donc cette onde pure ; et ces prés encor verts,

De leur nouveau produit ne sont-ils pas couverts.

Est-ce une illusion ?... Est-il vrai que tu bailles ?...

— Cela te prouve assez qu'il faut que je m'en ailles.

— Pourquoi te retirer, il n'est pas assez tard,

Ma montre me fait voir quatre heures moins un quart.

— En un si triste lieu veux-tu donc que je meure?

Non, je n'y mourrai point, je m'en vais tout-à-l'heure.

Paraissent après lui Xavier, Justinien,

Adolphe, Théodore, Alexandre, Adrien;

Tous baillent à la fois; mais c'est par fantaisie.

Alcide baille aussi! c'est donc une manie.

Ils ont mille moyens de prendre du plaisir,

Car j'aperçois près d'eux cent beautés ravissantes;

S'ils les faisaient danser, je les verrais contentes.

Est-ce donc à vingt ans qu'on doit ainsi languir!

Là bas sont mes amis, ce sont des employés

Qui de l'ennui commun sont encore oubliés.

La fille d'un marchand près de l'un d'eux se place;

Il voudrait bien danser, il l'a prie avec grâce.

Hortense en acceptant l'aurait beaucoup flatté;

Mais quel coup! Pauvre diable, où s'était-il frotté?

La fille d'un marchand! ô téméraire audace!

Employé guenilleux, c'était bien là ta place!

Un regard de hauteur le paie d'un refus;

Il se retire alors tout honteux, tout confus.

Ah! monsieur l'employé, que cela vous apprenne
Que dans son rang obscur il faut que l'on se tienne.
La fille d'un marchand n'est point faite pour vous;
D'un tel excès d'honneur vous seriez trop jaloux.
Cependant de mépris Hortense est incapable;
Pour avoir de l'orgueil, Hortense est trop aimable;
Son front en a rougi, car son cœur est humain;
Mais il faut obéir à son père hautain.
O maudits préjugés! ô vanité chartraine!
Combien vous méritez qu'on vous porte de haine!.
Oui, Chartrains insensés, vous devriez rougir,
Qu'une telle fierté vous oblige à souffrir;
C'est un bizarre orgueil, qui, par de sots caprices,
Vous contraint à bailler au milieu des délices.

C'est Adèle, je crois, qui, sous ce jeune ormeau,
Met une heure à compter les fleurs de son chapeau;
Et cette autre qui vient, le front touchant à terre,
Elle aurait bien dansé, si la censure austère
Ne le lui défendait; aux yeux de sa maman,
Le regard d'un jeune homme est un regard d'amant.
On observe les mœurs à Chartres, l'on est chaste;
On tient fort à l'honneur, quoiqu'on aime le faste.

Fi! vous voulez danser! quel démon tentateur,

Sème ce noir poison au fond de votre cœur;

Danser est une horreur, bannissez cette envie,

Si le pape vous voit, il vous excommunie!

Quoi! Lise était si gaie, elle est triste à son tour.

L'auriez-vous pu penser, comme on change en un jour;

Aline est triste aussi! mais c'est une infamie:

Devrait-on être triste, étant aussi jolie!

Serait-ce pour languir que Dieu, plein de bonté,

Vous donna tant de grâce et d'amabilité?

Si ses œuvres étaient aux reproches sujettes,

Chartraines, je dirais qu'il vous fit trop parfaites!

Pour qui sont vos attraits? pourquoi nous les ravir?

Le ciel les donne-t-il pour les ensevelir?

La nature avec l'art sont d'accord pour nous plaire;

Votre rigidité nous est seule contraire.

Faut-il que l'on vous force à tant d'austérité,

Quand chez vous la douceur fait voir la charité.

Vous traînez à regret une ennuyeuse vie;

Et tout, autour de vous, au plaisir vous convie.

J'ai vu certain pays, privé de ces faveurs,

S'en bien dédommager par l'union des cœurs.

Chaque peuple, il est vrai, suit son ancien usage ;
Celui-là, quoique gai, n'en était pas moins sage ;
On était jeune encor avec trente printemps ;
Mais à Chartres l'on est mûr et vieux à vingt ans ;
Et dans ce beau pays, que l'homme rend si triste,
On a déjà vécu quand à peine on existe.
La foule disparaît, quoiqu'il soit encor jour ;
Pour ne pas rester seul, je décampe à mon tour ;
Je vois qu'à m'imiter le reste se dispose,
A huit heures sonnant la fête est déjà close.
Faut-il, pour s'ennuyer, courir loin de chez soi !
Une autre fois, moins sot, je resterai chez moi.

FIN.

www.ingramcontent.com/pod-product-compliance
Lightning Source LLC
Chambersburg PA
CBHW061446170626
46811CB00005B/2381